पहली बूँद

काव्य संग्रह

डॉ. मधुबाला सिन्हा

PG PUBLICATION

दिल्ली-110089, (भारत)

संस्करण : 2020
ISBN : 978-81-944610-4-3

प्रखर गूँज पब्लिकेशन
एच-3/2, सेक्टर-18, रोहिणी, दिल्ली-110089
दूरभाष : **7982710571, 7838505899, 011-27851059**

प्रथम संस्करण : 2020

आवरण : दुर्गाप्रसाद

पहली बूँद (काव्य संग्रह)

By Dr. Madhubala Sinha

Published by

PRAKHAR GOONJ PUBLICATION

Delhi-110089

E-mail : prakhargoonj@gmail.com
sinha.neelu123@gmail.com

Ph. : 011-27851059, 7982710571, 7838505899

समर्पण

अपनी स्नेहमयी माँ

श्रीमति जानकी देवी

और

स्नेहिल पिता

श्री सरयू नाथ प्रसाद

जिनके स्नेह की छाया में रेगिस्तान हृदय भी

सागर बन जाता है।

उनके पावन चरणों में

यह 'मोती' समर्पित करती हूँ।

-डॉ. मधुबाला सिन्हा

सृजनहार ही बचे रहेंगे

एक अच्छी कविता वह होती है जो जीवन के अनुभवों से रची-पगी होती है जो संवेदना के स्तर पर मन को उद्वेलित करती है। संभव है कि इन श्रेष्ठ कविताओं मे एक प्रकार का खुरदुरापन भी मिले जो असल में यर्थाथ का अनगढ़पन है। यह अनगढ़ता इन कविताओं को एक अतिरिक्त चमक प्रदान करती है। यहाँ एक बात और, अच्छी कविताएँ किसी संगीत, किसी लयकारी की मोहताज नहीं होती हैं। इन कविताओं में एक सहज-स्वभाविक सरगम होती है। बस, इसे समझने-परखने की जरूरत होती हैं। अनावश्यक और बेमतलब की तुकबन्दी से कविता का सौन्दर्य बिगड़ता है।

मधुबाला सिन्हा जी की कविताओं को पढ़ते हुए मैं इन्हीं निष्कर्षों पर पहुँचा हूँ। इनकी अधिसंख्य कविताओं में जीवन की सघन अनुभूतियों की अनुगूंज है। जीवन को प्रेम का परिहार्य माननेवाली मधुबाला जी की प्रत्येक कविता हमें जीवन और प्रेम से एकाकार करना सिखाती है। इनकी कविताएँ प्रेम का अमूर्त्तन करती हैं। मूर्त्त प्रेम असल में मृत प्रेम होता है। मधुबाला जी की कविताएँ मृत से अमृत तक की एक विराट यात्रा है। इस यात्रा में जो जितनी दूर तक इनके साथ है, वह उतना ही अधिक जीवन का साक्षात्कार करता है।

मधुबाला जी की काव्य-यात्रा अनेक संकटों से गुजरते हुए यहाँ तक पहुँची है। उन्हें लिखने-पढ़ने का अधिक अवसर नहीं मिल पाता है लेकिन इन्होने जितना भी लिखा है, सार्थक लिखा है। घर-परिवार, रिश्ते-नातों और समाज की अनगिनत जिम्मेदारियों का निर्वहन करनेवाली किसी महिला के पास आखिर समय बचता ही कितना है! बावजूद इसके, अपनी रचनाशीलता को बचाये रखने की ललक और लगन के कारण वे अपने लिए कुछ न कुछ समय बचा ही लेती हैं। यह समय बचाना ही असल में अपने आपको बचाना है। जीवन की आपाधापी में आपको केवल आपकी रचनाशीलता ही बचाकर रख पाने में समर्थ है। रचनाशीलता चाहे कुम्हार की हो या फिर कवि की, सर्जना ही हमें बचाकर रख पाती है। कहना न होगा कि सृजनहार ही बचे रहेंगे। इसलिए, अपने लिए समय बचाना सबसे बड़ी कलाकारी है। इसी बचे

हुए समय में अपने को बचाने का यत्न किया जा सकता है।

मधुबाला जी पहले तो अपने लिए समय कपचती हैं और फिर उस कपचे हुए समय में अपनी अनुभूतियों को शब्दों के साँचे में उतारकर तराशती हैं। यह एक प्रकार की कठिन साधना हैं। इस साधना में चुनौती भी है तो आनन्द भी है।

माना जाता रहा है कि पुरुषों में दृष्टि होती है और स्त्रियों में अन्तर्दृष्टि। मधुबाला जी की अन्तर्दृष्टि सम्पूर्ण चर-चराचर का 'स्कैन' करने में सक्षम है। ये बहुत ही बारीकी से उन चीजों का भी काव्य-संस्कार करने में सक्षम हैं, जिन चीजों पर अव्वल तो कविता ही नहीं बनती और यदि बन भी जाए तो वह हृदय को स्पर्श नहीं करती है।

इस काव्य-संग्रह 'पहली बून्द' में इस प्रकार की कई कविताएँ हैं । 'रेशमी लड़की' तो बहुत ही श्रेष्ठ कविता है। श्रृंखला में लिखी इनकी इस कविता में इनकी अन्तर्दृष्टि, इनके तेवर और इनके कौशल से एक साथ साक्षात्कार होता है। इस तरह के अन्तर्वस्तु को लेकर भारतीय भाषाओं में, खासकर हिन्दी में काफी कविताएँ लिखी गई हैं। कुछ कविताएँ तो वाकई श्रेष्ठता की अद्भुत मिसाल हैं। इसी अर्थ में आप 'रेशमी लड़की' को पढ़ें, इसी तरह रिश्ता एवं स्वप्न सीरीज की कविताओं को पढ़ें। इस तरह की कविताएँ किसी को भी बड़े कवि का दर्जा देने के लिए पर्याप्त हैं लेखन-शैली की इन्हीं विशिष्टताओं के कारण मैं मधुबाला जी को एक बड़ी कवियत्री मानता हूँ। सच कहूँ तो मैं उनका फैन हूँ। इनकी कविताओं में विषम पिरस्थितियों से जूझने की अकूत शक्ति है, मैं इन्हीं शक्तियों का कायल हूँ। मैं चाहता हूँ कि इनकी कविताओं का अनेक स्थानों पर पाठ हो, विश्लेषण हो, समीक्षाएँ हो। मैं यह भी चाहता हूँ कि मधुबाला जी लगातार लिखती रहें। इनकी और भी पुस्तकें पाठकों तक पहुँचे। इनकी काव्य-यात्रा अविरल चलती रहे-एक उन्मुक्त नदी की तरह। लगे हाथ एक बात यह भी कि इस नदी को कोई मंजिल न मिले। मंजिल मिल जाने पर यात्रा ठहर-सी जाती है। मैं कभी ठहराव के पक्ष में नही रहा। ठहरा हुआ जीवन भी क्या कोई जीवन है! इस यात्री की यात्रा हमेशा चलती रहें। पता नहीं यह दुआ है कि बद्दुआ, पर जो भी है, वह इन्हें लगे जरूर।

-अजित कुमार आजाद

कविता से इतर जो मुझे कहना है-

कहते हैं कविता कपोल-कल्पित होती है, जो भावनाओं के साथ जुड़ी होती हैं। भावनाएँ जो अभिव्यक्ति देती हैं वही शब्दों के माध्यम से प्रगट होता है। मैं ऐसा मानती हूँ कि कविता हृदय की गहराई में दबी वह अभिव्यक्ति है जो भावनाओं के बाँध को तोड़ कर कलम को उत्तेजित करती है। कविता यथार्थ से जुड़ी होती है या यों कहें कि कविता यथार्थ का मूर्त्त रूप है। कविता हृदय के तारों को छूकर झंकार उत्पन्न करती हुई सत्यता का रूप है। कविता वह है जो यह अभिव्यक्त करे जो हृदय में विराजमान है, वह न करे जो कल्पित हो। कविता ऐसी लगे कि मेरे सामने वह घटना साकार रूप में खड़ी है और यह तभी संभव है जब कोई घटना, दृश्य या बात हृदय को झंकृत कर दे।

'प्रतिबिम्ब लिए मैं सपनों के
आस लिए हूँ अपनों के
कूद पड़ी झंझावातों में'
यथार्थ के कोमल झूलों में

कविता यथार्थपरक तो है ही परन्तु अगर सपना भी है तो सच्चाई की कोख से उपजी हुई क्योंकि हम सपने भी तभी देखते हैं जब हृदय में कोई चाह हो, कुछ करने की जिज्ञासा हो, कुछ पाने की ललक है। तब हम उसे पूरा करने के प्रयत्न में दिल और दिमाग को झोंक देते हैं ।

मृत्यु जीवन का शाश्वत सच है। जो आता है उसे जाना है। रहता है तो बस उसका यश, उसकी कीर्ति, उसका कर्म। इसी के बदौलत हम मृत्यु का आह्वान करके भी सपनों को पूरा कर जाते हैं। परन्तु जब सपने टूटते हैं तो दर्द कलेजे को चीरकर अश्क बन नदी का रूप ले लेता है और हम यही कहते रह जाते हैं कि-

'गल्प विचलित हो गए हैं
राह में वो खो गए हैं
हम जहाँ थें हम वहीं हैं
स्वप्न खंडित हो गए हैं'

स्वप्न पूरा करने का प्रयत्न तो हम करते ही हैं परन्तु कुछ स्वप्न ऐसे हैं जो हमारे वश का नहीं होता और उसे हम नियति का खेल मानकर झेलने को विवश हो जाते हैं-

'बसने के नाम पर ताउम्र भर उजड़े हैं हम

कि जिन्दगी गुजरेगी यूँ तूफानों पे चलते

दवा के नाम पर दुआ ने काम किया है

कि टूटते हैं सपने यूँ ही फूलते-फलते'

सपनों का टूटना-बिखरना मनुष्य के जीवन में चोली-दामन का साथ लेकर आता और चला जाता है। पुरुष तो इन दंशों को झेल लेते हैं परन्तु नारियाँ अश्क बहा अपने जीवन को वहीं विराम दे देती हैं जहाँ उसके सपने बिखर जाते हैं जबकि नारियाँ सहनशीलता की प्रतिमूर्ति होती हैं, भावनाओं का आवेग झेलने को संकल्पित होती हैं, दुखों का सलीब बिना ऊफ किए उठाकर चलने को तत्पर रहती हैं।

आप कहेंगे कि कहाँ तो यह कविता की बात कर रही थी और कहाँ नारी पर आकर टिक गई! आप पाएँगे कि इस संकलन में संकलित कविता चाहे वह देश की हो, दर्द की हो या फिर छटपटाते-तड़पते दिलों की हो, वह नारी की ही आवाज है। माँ का आंचल हो, बारिश की बून्दे हों या प्रेम का गीत हो, वह नारी ही है।

मेरी भावनाएँ मेरे शब्दों में छुपी हुई हैं। मैं कहाँ तक इसे व्यक्त करने में सक्षम हुई हूँ, यह आप सभी के समक्ष है।

मेरे इस काव्य-संकलन में मेरी भावनाओं के कई रूप हैं जिसे अभिव्यक्त करने का मैंने प्रयास किया है।

आपकी आलोचना और प्रतिक्रिया मुझे आगे बढ़ने में सहायता प्रदान करेंगी। वही मेरे लिए आपका आर्शीवाद भी होगा।

आप सभी की शुभकामनाओं की इच्छुक

मधुबाला सिन्हा

क्रम तालिका

सुर्ख गुलाब

बिलख रही मेरी नन्ही कली
एक सुर्ख गुलाब के लिए
कहाँ से लाऊँ सुर्ख गुलाब
जो देकर उसे बहला सकूँ!
थम जाए रुदन उसका
सीने, से मैं लगा सकूँ?
क्लांत चेहरा बिखरे कुन्तल
छलछलाते दृगों में भरा
जमाने का दर्द
थरथराते होठों में दबा
हृदय का क्रन्दन
कहाँ से लाऊँ सुर्ख गुलाब?
चारों ओर तड़पती है धरती
उठते हैं रेत के बगूले
जहाँ तक जाती है नजर
बिखरा है एक अमिट सूनापन
जाति-धर्म के बँटवारे से उपजा
एक निर्लिप्त मौन
जिन पसीनों में कभी
मीठी खूशबू होती थी
उन्हीं से आज
खूँ की बदबू आती हैं
जिन हाथों ने उठाए थे हीरे-मोती
वे ही आज आग उगलते हैं
आज फटी दरारों को सीने में
व्यस्त है धरणी

अपने आँसूओं से
ऐसे में-
कहाँ से लाऊँ सुर्ख गुलाब?
पर-
ढूंढ़ने के क्रम में
पहुँची एक कब्र पर
रखा था किसी ने
किसी अपने की याद में
सफेद गुलाब
बढ़ाया लेने को हाथ
तभी रोया कोई कब्र से
मत कर नंगा मुझे
मैं सोया यहाँ चैन से
शायद-
अतीत के गर्भ में छुपा
समय का वह पल
जाग उठा था
पर, सब्र कहाँ इतना मुझको
कि समय का पल मैं चुन सकूँ।
झट ले चली मैं
वही गुलाब
देख मुझे दौड़ी बेटी
लेकिन, हाथों में सफेद गुलाब?
लौट पड़ी वह घर की ओर
स्तब्ध खड़ी मैं
फिर भी पूछी
तुम हो क्यों अब भी मौन?
माँ, गुलाब का लाल रँग
चुरा ले गया बतलाओ कौन?

डॉ. मधुबाला सिन्हा

पहाड़ी के पार

उतर रही थी वह
सधे पाँव, करती कवायद
मानों औरत नहीं
फौज का सिपाही हो

जंगली कंद-मूलों के गुच्छे
जड़ी-बूटियों के तराशे टुकड़ों से
भरी हुई सिर की टोकरी
बँधी थी पीठ पर
नन्हीं सुकुमार कली
थामा था अँगुली एक नन्हें से हाथ ने
चट्टानों की छाती फोड़कर,
बनाए पथरीले,टेढ़े-मेढ़े रास्तों से
उतर रही थी वो

रास्ता, जो जाता है उस मंडी में
जहाँ बिकता है पसीना और
मिलती हैं छोटी-छोटी खुशियाँ
जिन्हें दामन में समेटने
जाते हैं नन्हें, सधे पाँव।
मन में दबाए एक आस
कि, बिकेंगे ये गुच्छे
बिकेंगी जड़ी-बूटियाँ
तभी तो मिलेगे चावल के दाने!
पत्तों के दौनों में
सड़ी, सस्ती, छोटी मछलियाँ!
फिर बनेगा भात
मछली के साथ

संग होगी महुए की शराब।
दिन भर की कुलबुलाती अंतड़ियों में
उड़ेलेगी जब कच्ची शराब
एक ज्वलंत रेखा से
भिंच जाएँगी मुट्ठियाँ
फिर भूल जाएगी वह
गीले आटे-सा गूँथा गया
अपने लिजलिजे शरीर की सड़ांध
जिसे दिया था उन जालिमों ने
बदले में महुए की शराब
पीते ही पीटा था
उस पति ने जिसे चाहिए शराब और कबाब।

घर भी लौटना है
सूरज को अभी ही डूबना है
थोड़ा ठहर, ऐ आसमानी रूह
चला जाएगा तू
छोड़ जाएगा अंधियारा
करता होगा 'वह' इंतजार
पीकर शराब

करती विनती हौले-हौले
थामे बच्चों की अँगुली
सिर पर 'दानों' की टोकरी
सहमी-सिकुड़ी
चढ़ रही थी तेजी से
उन्हीं चट्टानों के ऊपर
उठ रहे थे जहाँ से
धुएँ के रूप में
दग्ध हृदय के फफोले

डॉ. मधुबाला सिन्हा

क्या मैं वही हूँ

भूनती हूँ सपनों को
रात की रेत में
भुट्टे की तरह

उछालती हूँ भावनाओं को
समन्दर की
पछाड़ खाती लहरों की तरह

भटकती हूँ
बेसरहद् आसमां में
उजले परिन्दों की तरह

क्या मैं वही हूँ
जो पूरी की पूरी
कभी तुम्हारी थी?

पहली बूँद

दग्ध हृदय की तपन
क्लांत चेहरे की थकन
विकृत मुखमण्डल लिए
दरवाजे के बीच फंसी रही धरा

शून्य में निहारती
शायद उसे था किसी का इंतजार
देखकर उसकी बेचैनी, बेबसी,तड़प
रो उठा अम्बर, तार-तार हो उठा हृदय
कर उठा वह क्रन्दन
तड़प उठा, निहाल करने को तन
उतर पड़ा तब तृप्त करने को
धरा के अंचल में
मुँह छुपाने को
उसके लरजते होठों की
प्यास बुझाने को
और धरा, जेठ की तपती दुपहरी से त्रस्त
तृप्त हो उठी
मिल गई सांसों को आस
जब अम्बर से उतर
मिल गए उसके प्रियतम
खिल गए बगिया के फूल
महक उठी सोंधी खुशबू
तब-मचल उठी धरा
फैला कर अपनी बाँहे
थामने को वर्षा की
उन पहली बून्दों को

डॉ. मधुबाला सिन्हा

सौगात

मिटाऊँगी जमाने से
मैं नफरत की ये दिवारें
तुम्हारी रंजिशें भी
प्यार का सौगात लाएँगी

मिटाऊँगी वफा से
बेवफ़ाई के ये तस्वीरें
तुम्हारी बेवफाई भी
वफा के गीत गाएँगी

मिटाऊँगी बहारों से
उदासी के तरन्नुम को
तुम्हारे होंठ गम के
बादलों में मुस्कुराएँगे

जमाने की निगाहों ने
बिठाये हैं जो ये पहरे
हमारे प्यार की खूशबू
नया पैगाम लाएँगी

भूलाना तुम जो चाहों तो
भूला दो अपनी मर्जी से
तुम्हारी रंजिशें भी
प्यार की सौगात लाएँगी

दामिनी

काले बादलों के घेरे में
तड़प उठी दामिनी
जैसे तड़प उठी हो कोई
अंकविहीन कामिनी
लिए मन में यह संकल्प
तोड़ डालना है उन बंधनों को
जिसमें कैद है जीवन, भविष्य
और थिरकते उजाले
सतत् प्रयत्नशील वह
छटपटाती-सी
बादलों के घेरे से
निकलने को मचलती-सी
बार-बार कौंध जाती है
अपने क्षीणकाय, अस्तित्व को
भीमकाय बादलों के बंधन से
निकलने को बेचैन
जोर लगाती वह
तड़प-तड़प जाती है
एक चटखती करुण पुकार
मानों फरियाद कर रही है

अपने अबला होने का
प्रमाण दे रही है
कि कोई तो आकर बचा ले
इस जहरीले पंजे से
कोई तो छुड़ा ले
शायद उसकी छटपहाहट
बादलों के गर्जन में
दब जाती है, पर
वह छोड़ती नहीं
आजादी का प्रयत्न
वह मजबूर नहीं
मजबूत है
वह लड़ेगी-
अंत समय तक
जब तक बादल
अम्बर से दूर नहीं होते
वह लड़ती रहेगी
अपने अस्तित्व के लिए

रेशमी लड़की-१

पत्थर के कबीले की
मुलायम, रेशमी लड़की
चाहती है-
चितकबरे परिन्दों की तरह
काले-उजले बादलों में
गुम हो जाना
चुरा कर
बिजली की कड़कड़ाहट से
सतरंगी परिधान बनाना
और फिर
बारिश की बूंदों के साथ
लौट आती है यथार्थ में
नासमझ, नादान

रेशमी लड़की-२

पत्थर के कबीले की
इक रेशमी लड़की
चाहती है नापना
ऊँचाई अम्बर की
और गहराई समन्दर की
छुपना चाहे कभी वह
बादलों की ओट में
और चुराना चाहे वह
इन्द्रधनुषी रंगों को
अपनी आगोश में
वो अक्सर-
बारिश में नहाती है
मगर पगली
कभी भीग नहीं पाती है
अपने जिस्म की खुशबू में
खुद ही मुस्कराती है

मगर मौसम के खुलते ही
समय दर्पण दिखाता है
थकान मन की
डॉ. मधुबाला सिन्हा
तन-बदन में लिए
थक कर सो जाती है
लेकर
रात की चादर
कहीं गुम-सी हो जाती है

रेशमी लड़की -३

पत्थरों के शहर की
इक रेशमी लड़की
बुनती है सुनहरे सपने
दुधिया चाँदनी को भर
अपनी नरम मुठ्ठियों में
चाहती हैं सजा लेना माथे पर
सूरज के जलते शोलों को
बना लेना अपना परिधान
आकाश की नीली छतरी को
और बना कर अपना बिस्तर
नरम मखमली धरती को
देना चाहती है-
अपने बुने सपने को
एक आकार, एक परिहार
एक प्यार का घरौंदा
पर-
दहकते हाथ, सुलगती चीखें
देती हैं जब झिंझोड़
खण्डित होता है तब स्वप्न

वह मासूम-
मुलायम सहमी लड़की
लौट आती है हकीकत में
जहाँ वह, उसका स्वप्न
सुलगती चीखें ही
उसका यर्थाथ है

डॉ. मधुबाला सिन्हा

साथी

साथी मेरे
गम के घेरे से बाहर आओ
हकीकत है कि-
खुशी से ज्यादा गम
जीवन को हैं घेरे हुए
पर क्या काँटों के बीच
गुलाब नहीं खिलता?
तारों के बीच
क्या चाँद नहीं निकलता?
अकेला सूरज
क्या जग को नहीं विहुँसाता?
उठाओ तुम भी अपनी लेखनी
समेट लो ब्रह्माण्ड को
कागज-कलम के बीच
देख तेरे उन्नत अस्तित्व
छुपाना चाहेंगे जहाँ वाले
और दूर खड़ी मैं
भीड़ के पीछे
करूँगी प्रयास तुम्हें छूने का
और तुम!
दूर, बहुत दूर, बहुत दूर
होते चले जाओगे
गम से खुशी के पथ पर
और मैं
खुशी से भरे नयनों में
तुम्हें समेटने का
प्रयत्न करती रहूँगी, करती रहूँगी, करती रहूँगी

दहलीज

घर के बाहर
चौबारे पर बैठे लोग
बुजुर्गियत का जामा पहने
या उम्र से पहले
बुजुर्ग बन जाने का प्रयास
नहीं पार कर सकती
दहलीज कोई शय
अच्छा या बुरा
क्योंकि उसके पहले
पार करना होगा
बुजुर्गों का जमघट
दादी का हुक्का
बाबूजी की बैठक
या ताश की महफिल
अम्मा की रसोई
या धुआँती चाय
भैया का टेलीविजन
या ऑफिस की फाईल
भाभी की 'किटी'
या घनघनाता मोबाईल
दीदी का लिपस्टिक
या पार्टी की साड़ी

डॉ. मधुबाला सिन्हा

इन सबसे पहले
तुलसी का पौधा
जहाँ जलता दीप
और सामने मन्दिर
धूप का धुआँ
पीछे के कमरे में
मैं या मेरी तन्हाई
कैलेंडर की तारीख
या किताबों की दुनिया
मेरे चश्मा का नम्बर

फैला है बिस्तर
खिड़की से आती इक
धूप का टुकड़ा छनकर
बारिश की फुहार
या चाँद की धवलता
नहीं दे पाता
जीने का आभास
पर्दे के पीछे से
उभरता नया चेहरा
नहीं उमगता काई
जीवित प्रयास
क्योंकि सामने खड़ा है
दहलीज का कयास।

नदी का गीत

श्वेत, निर्मल जलधारा में
फैलाये पैरों को समेटे
उसके ठंडक से
सीने पर दबे बोझ हटाते-हटाते
न जाने कब गुम हो गई
नदी की धारा में

गूँजता है जहाँ
प्रेम का गीत
धवल उफनते झाग-सा शांत
निर्झरिणी की काया में
समाते, गहराते
फूटता है मधुर संगीत
याद दिलाती-
सोनी-महिवाल की
हीर और रांझे की
मेरे मनमीत की
या फिर जुदाई की
गहरे, और गहरे डूबती-उतराती
प्रेम सागर में गोते लगाती
गुनगुनाती नदी के संग
उसी की लय में
झूमती तान पर
याद आता है कोई
मन का मीत
नदी, मत गाओ
तुम कोई प्रेम का गीत!

डॉ. मधुबाला सिन्हा

मिलन

आ जाओ एक बार
थाम कर हाथ
चलें साथ-साथ
मिलती है धरा
सागर से जहाँ
पर मिलके भी वो
बिछड़े बार-बार
लिए व्याकुल हृदय
मृग मरीचिका बना
सागर हटता गया
लहरें बन कर कभी
सर पटकता रहा
धरा कटती रही
तट बनते गए
पास आने के क्रम में
बिछड़ते गए
सागर तड़पता रहा
धरणी रोती रही
मिलने के भ्रम में
दूर होती गई
पर मिले हैं कभी
क्या सागर और धरा?

क्यों

क्यों होता है ऐसा
अक्सर मेरे ही साथ!

बिस्तर के कोनों में दुबकी
बच्चे के रोने से सहमी
किसी के पदचाप पर
मन बहक-बहक जाता है
कोई परछाई बन याद आता है

घर में होते हुए भी
दूर, बहुत दूर
झाँक आती हूँ दौड़कर
उग जाता है आँखों में
कंटीली झाड़ियों का जंगल
समुद्र के नीले भंवर में
किनारे उगे रेत में
घरौंदा बनाते-बनाते
लगता है कि तुम पास हो

यूँ तो तुम कहीं भी रहो
मेरी बाँहों में ही होते हो
तुम्हारी गहरी झील-सी आँखें
मेरे अतीत का दर्पण होती हैं
लेकिन गहरे, और गहरे जाकर
मन टूट कर पिघल जाता है
मेरे ही साथ अक्सर
ऐसा क्यूँ हो जाता?

माँ

कैसा लगता होगा उस माँ को
जिसके दूध के खिलाफ ख़ड़ा हो
अपने ही रक्त से-
सींचा हुआ
अपने हृदय का बोलता प्यार!
जब रेत के टीलों पर
नागफनी निकलती है
तो बंजर धरती निहाल हो उठती है
वैसे ही-
मातृत्व के बोध से
निहाल हो उठती है नारी
और, बिन बादल के ही
मोर हो उठता है उसका सम्पूर्ण अस्तित्व
अनदेखे मांस-पिण्ड पर
सिमट जाता है
उसका सम्पूर्ण प्यार
और तब-
न कोमल बाँहें प्रणयी बना पाती हैं
न सुखद स्पर्श ही समर्पिता
सारी सृष्टि ही उसकी कोख में
जगमगा उठती है
क्योंकि इसके बगैर वह खंडिता है

बांझपन से भी तीखा दंश
तब मिलता है जब-
आकार निराकार हो जाता है
उस कोमल नारी हृदय पर हुए
इस कुठाराघात को
उसके जहर को
वही झेल सकता है
जो भावशून्य हो
पर क्या झेला जाता है वह वज्राघात
जब निराकार
आकार लेकर भी
साकार न हो सके?
क्या उतारा जाता है वह गरल
कंठ से नीचे जो
उसके हाथों मिला हो
जिसके लिए कड़कड़ाती हड्डियों को
बर्फ में गलाया गया हो?
सावन की गरजती घटाओं को
लोरी से दबाया गया हो?
क्या रेत सा बिखर नहीं जाता
वह स्वप्न-
जिसे बीज के रूप में
रक्त से सींच कर
छाया की आस में-
बड़ा किया गया हो?

डॉ. मधुबाला सिन्हा

तुम मेरे साथ थे

स्याह रातों में
जब भी तेरा
नाम उभर आता है
सुनहरी छाँव में
तेरा अक्स नजर आता है

वह तुम ही थे जो
तारों की टिमटिमाती
परछाई, तो कभी
चिलचिलाती धूप में
साये की तरह
मेरे साथ थे

रिमझिम फुहारों में
कड़कड़ाती ठंड में
झुलसती दुपहरी या
फुटपाथी लावण्य में
तुम मेरे साथ थे

गम से दूर
पलकों की छाँव में

सबसे छुपाकर
मौन, अप्रत्यक्ष, निःशब्द
तुम मेरे साथ थे

साँसों की तपन
आँखों की नर्मी
दिल की उमंग संग
प्रीत की फुहार लिए
तुम मेरे साथ थे

मंदिर की मूरत में
देवों की सूरत में
काँटों की चुभन और
अश्कों की रेत पर
तुम मेरे साथ थे

लूटे-डूबे सपनों में
खण्डन की आँच पर
सेहरे की आड़ में
विघटन की राह पर
छोड़ गए तुम
सोचती ही रही
क्या, तुम मेरे साथ थे?

डॉ. मधुबाला सिन्हा

प्रियतम मेरे आएँगे

तुम गीत बनो जीवन का मेरे
झंकार मधुर हो जाएँगे
तुम फूल बनो इस बगिया के
काँटे खुद ही चुन जाएँगे

तुम प्रीत बनो मेरे प्रियतम
जीवन ये सफल हो जाएगा
तुम राग बनो इस झरने का
मेरा प्यार कमल हो जाएगा

सपनों की तुम आस बनों
मेरे अपने तो मिल जाएँगे
तुम मेरे आँचल के लाल बनो
मेरे सपने तो मुस्काएँगे

इक आस जगी है प्राणों में
जीवन के दर खुल जाएँगे।
कब चमकेगा सिन्दूर मेरा
कब प्रियतम मेरे आएँगे?

कौन हो तुम?

दूर देश से आने वाली
दिल में प्यार जगाने वाली
इतना तो बतलाती जाओ, कौन हो तुम?

नन्हें परों को फैलाती तुम
सबको छाया दे जाती तुम
नीलगगन में उड़ने वाली, कौन हो तुम?

बँट गये जहाँ दो प्रेमी दिल
खिंची गई रेखाएँ मिल
निडर बन वहाँ विचरने वाली, कौन हो तुम?

तोप-गोलों के बीच में हम
दुश्मन ज्यादा दोस्त हैं कम
वहाँ प्रेम-सुधा बरसाने वाली, कौन हो तुम?

डॉ. मधुबाला सिन्हा

पंछी

लम्बी दूरी तय कर
अनजाने देश में
आनेवाले ओ पंछी-
क्या तुम्हें पता नहीं
सरहद पार करना गैर कानूनी है?
स्वछन्द विचरनेवालियों
क्या यह भी पता नहीं कि
बिना पासपोर्ट-वीजा के
किसी देश में आना-जाना मना है?

यहाँ आकर
तुमने कानून तोड़ा है
सजा तुम्हें मिलनी है
तुम्हारे नन्हें परों को नोंचकर
तस्करी का माल ढूंढा जाएगा
रायफल-कारतूस खोजे जाएँगे
तुम्हें आतंकवादी करार दिया जाएगा
कुछ बम-कारतूस परों में बाँधे जाएँगे
साथ में तस्वीरे खींची जाएँगी
खबरें आएँगी कि-

‘कुछ और आतंकवादी गिरफ्तार’
और तब तक-
बॉर्डर पार करने वाले
कर जाएँगे
बम फोड़ने वाले
फोड़ भागेंगे
तस्करी का माल
पार हो जाएगा
और हमारे तमगों में-
एक इजाफा हो जाएगा

ओ नन्हीं-सी मासूम जानों
लौट जाओं जहाँ से आई हो
यहाँ तुम्हारी मासुमियत को
तुम्हारे निश्छल प्यार को
धोखा समझा जाएगा
अशांति-दूत कहा जाएगा
लौट जाओ
अपने-अपने आशियानों में
जहाँ तुम्हें समझने वाले
अपने तो होंगे

रिश्ता-१

ऐ दोस्त-
मेरे पास आ जाओ।

जानती हूँ
हमारे रिश्ते अनाम हैं
पर क्या सहज है
इस रिश्ते को भूला देना?
नहीं, भूल सकी मैं
तुम्हारे स्वप्निल भावों को
फिर भी क्या जोड़ पाई
बंधन में रिश्ते को?

आज
माँगती हूँ तेरा हाथ
एक अधिकार मेरे आभास से
दे सकोगे क्या-
तुम मुझे यह विश्वास
एक हमदर्द बन
अपना साथ?

रिश्ता-२

भूल जाना चाहती हूँ
सड़ांध भरे रिश्ते को
जिससे आती है बदबू।

तोड़ देना चाहती हूँ
उस बंधन को
बाँध रखा है जिसने
इस रिश्ते को।

मीत तुम आना जरूर
लेकिन मेरी दबी आकांक्षाओं को
न उकेरना
उजड़े अशियाने को
और न उजाड़ना
सहलाने के बहाने
उसे मत कुरेदना
बिखरे अरमानों को
और मत खसोटना
क्योंकि विश्वास की जड़े गहरी हैं
और गहरा है हमारा रिश्ता।
तुम आ जाओ ऐ दोस्त
मेरे दरवाजे बंद हैं
पर खिड़कियाँ हैं खुली
और तुम्हारे लिए
रोशनदान ही काफी है।

रिश्ता-३

वक्त की दहलीज पर
खड़ी हो तुम, जैसे
परदा हटाओगी
अन्दर आओगी
मखमली हाथों से
थपकी दे मुझे सुलाओगी
मेरी तन्हाई पर
मीठी गजल सुनाओगी
रिश्तों के इस बंधन पर
प्यार के फूल खिलाओगी
गुस्से से फूला चेहरा लेकर
देख मुझे मुस्काओगी

झिंझोड़ा किसी ने और
ख्वाब मेरा टूट गया
गुजरे हुए वक्त ने
तुमको चुरा लिया
अकेला था मैं, फिर-
अकेला हो लिया
तुम्हारे होने का एहसास
मेरे जीने का जरिया है
तुम्हारे प्यार की खुशबू ही
चाहत का नजरिया है
सच में किसी दिन तुम
यूँ ही लौट आओगी
मेरे ख्वाब हैं अधूरे जो
उन्हें पूरा कर जाओगी

रिश्ता-४

यह रिश्ता क्या कहलाता है?
कभी बहन-भाई, माता-पिता
या पति-पत्नि बन जाता है

इंसानियत से अलग-थलग
जब इनमें दरार आती है
रिश्तों को भूलकर
गालियाँ सुना जाती हैं
क्षणिक सुख के लिए कभी
रिश्ते बदल जाते हैं
तब कहते हैं, प्यार पाना है
भले कलंकित हो जाता है

इंसान बने इंसान रहे, यही
इंसानियत कहलाता है
मानव बन कर साथ जिएँ
यह मानवता बन जाता है
रिश्ते की गरिमा बढ़ जाती
जब प्यार निभाना आता है
सुख-दुःख में सबके साथ रहें
यही रिश्ता कहलाता है

डॉ. मधुबाला सिन्हा

बीज

कहते हैं-
औरत के मुँह में दाँत होना
वैसा ही है, जैसा-
रावण के घर में सूर्पनखा का होना
पर क्या सीता नारी नहीं थी?
या दंतविहीन थी उर्मिला?
फिर बगावत या विद्रोह
बरबादी या विनाश का कारण
नारी ही क्यों?

नारी की पूजा, लक्ष्मी की पूजा
फिर-
सर्वधर्म मान्य हमारा समाज
हमारा देश
नारी को
नाश का बीज
क्यों मानता है?

अक्स

दूर पहाड़ी के पीछे
नजर जहाँ जाती नहीं
धुंधला-सा तेरा
अक्स उभर आया है
जिसे देख
दिल में मेरे
सात रंग लहराया है
वक्त की रफ्तार में
चलते-चलते
तूने कितना तड़पाया है
लगता है अब आओगे
छूने को हाथ बढ़ाओगे
पर छुप-छुप कर
कितना तूने सताया है
इन्द्रधनुषी रंगों में
प्यारी-सी मुस्कान लिए
मन को तुमने लुभाया है
अब आ जाओ
दे जाओ इक प्यारी हँसी
पिछले कई वर्षों में तुमने
जितना मुझे रुलाया है
तेरी एक झलक के साथ
बिखरे कई लम्हों को
मोती बना नर्म अश्कों में
मैंने तुझसे चुराया है
अब तेरा अक्स उभर आया है

डॉ. मधुबाला सिन्हा

अस्तित्व

पगडण्डी-
दूर से देखने पर
लम्बी लगती थी
पर है वह
कितनी छोटी-सी
खेतों के झुरमुट में
खोई-सी
मानों उसका आपना कोई
अस्तित्व ही नहीं
उसके आसपास-
हरी-भरी धान की फसलें
मानो झूमकर कह रही हों-
तुम ही हमें जोड़ती हो
और तोड़ती भी
पर तुम हम-सी कहाँ?

इतने पग तुम्हें
रौंद चुके हैं कि
नन्हीं दूबें भी
तुम्हारे अस्तित्व में

समाने से भय खाती हैं
और
हमारे बीच आकर
शान से इठलाती हैं
झूमती हैं, गुनगुनाती हैं

पगडण्डी-
चुपचाप
अहंकार भरे शब्दों को
सुनती थी
खामोशी में डूबी रहती थी
एक दिन
मुस्करा कर बोली-
तुम्हारे झुरमुट में खोये राही को
मैं ही राह दिखाती हूँ
अंततः उसे मंजिल तक पहुँचाती हूँ
उनके दुःख-दर्द को
स्वयं में समेट कर
उन्हें सुख पहुँचाती हूँ
अब बोलो-
क्या अब भी मैं अस्तित्वहीन हूँ?

डॉ. मधुबाला सिन्हा

ज़ख्म

समय ने साँचे मे रखकर
इंसान बनाना चाहा
पर इंसानों ने दफना कर
शैतान बनाना चाहा है

दरियों से झाँककर हमने
ख्वाब सजाना चाहा
जहरीली हवाओं ने उसको
टुकड़ों में उड़ाना चाहा है

हिम्मत करके खड़ी हुई
जमाने ने गिराना चाहा
अपनों में गम बाँट सकूँ मैं
अपनों ने सताना चाहा है

खुद ही चाहत दफन करूँ
झंझावात में फंसी रह जाऊँगी
अपनों से दामन झटक सकूँ
जीने का हक भूल जाऊँगी

ऐ वक्त बता उम्मीद करूँ
क्या सपने मेरे जुट पाएँगे
अपनों ने हैं जो जख्म दिए
क्या दाग कभी मिट पाएँगे?

सिलसिला

मत झाँक यार
बादलों के पीछे-से
एक दर्द-
मन को तड़पाता है

इन्द्रधनुषी रंगों में
तेरा चाँद-सा चेहरा
उभर आता है

अतीत के बिखरे
लम्हों से
मोती चुरा
माला गूंथ जाता है

तेरे आने का
साथ बिताने का
प्यार के रंगों में
घुल-मिल जाने का
एक आस
संवर जाता है
पता है मुझे
तुम नहीं आओगे
आस का निराशपन
दर्द का एक
सिलसिला दे जाता है

डॉ. मधुबाला सिन्हा

फंदे

मकड़ी-

न जाने क्यों

ऐसे फंदे बनाती है

जिसमें घुसकर

कभी-कभी

वह भी

निकल नहीं पाती है

अपने बुने फंदे में

खुद ही उलझ जाती है

मौत का दामन थामे-

स्वयं को ही मिटा जाती है

क्यों बुलाऊँ तुम्हें

पास बुलाऊँ तुम्हें
कैसे और कब?
जितनी देर तुम्हें
बुलाने का प्रयत्न करती हूँ
उतनी ही देर में
मसल दी जाती है कोई कली
हो जाता है उसका
सामूहिक बलात्कार
घुमायी जाती है सड़कों पर
डायन के भ्रम में
नंगी-अधनंगी
कोई नारी।
घसीटा जाता है
चौराहे पर
उसका बदन
चरित्रहीनता के दोष में
गूँजती हैं सिसकियाँ
दबती है चीख
जलती हुई आग में
मवाद भरे फफोलों से
बहता है रक्त
और बढ़े हुए हाथ मेरे
रह जाते हैं अधर में
कौंध उठता है एक प्रश्न
अब क्यों बुलाऊँ मैं तुम्हें?

डॉ. मधुबाला सिन्हा

क्यों और कैसे

लता
जरा बतलाओं तो
तुमने कैसे झेला होगा उस दंश को
कैसे पचाया होगा उस हलाहल को
समेटा होगा कैसे
आँखों में वह मंजर?
उतरा होगा कैसे
कलेजे में वह खंजर?
कैसे छटपटायी होगी
वहशी हाथों में
जब लुटा होगा तेरा अनमोल रतन?
कैसे तड़पी होगी
दहशत के समन्दर में
और उलीचे होंगे अपने नयन?

'कमल' की मौत पर जब
पत्थर भी रोए होंगे
तब बंद अधरों में
चीख तेरी थरथराई होगी
और पलकों से
मौन मोती लुढ़कते होंगे

फिर विह्वल होकर 'कमल' को
बुलाया होगा-
कैसे डूबी हैं आँखें
आँसुओं के समन्दर में
जर्रे हृदय के
कैसे दहकते होंगे
क्यों आदमी 'रावण' बन गया है
'संजीदा' का हरण हो गया
'रोमू-दीपा' की चीख पर
सारा महकमा सो गया?
क्यों लहरें मँझधार में
तब सिर अपना पटकती हैं
जब थामने को किनारा
हम सब तड़पते हैं
किसको सुनाएँ दास्ताने-दिल
सभी नजरों से ही निगलते हैं
फफोले भर गए हैं अब मवादों से
सभी मरहम जख्मों से लिपटते हैं
क्यों माँ के बेटे-बेटियों का
शीश-मर्दन कर रहे हैं
जन्में हैं जिस कोख से
उसका ही तर्पण कर रहे हैं?

पुरुष -१

तुम्हारी उम्र भले ही जितनी हो
मैं नहीं कहूँगी कि तुम
प्रेम मत करो
मांसल, कोमल बदन में
अपनी दांतों को मत गड़ाओं
पर ध्यान जरूर रखो
कि इस उपक्रम में कहीं
तुम्हारे नकली दाँत
उखड़ न जाएँ!

प्रकृति का
स्वाद मत लो
मैं ऐसा भी नहीं कहूँगी
लेकिन यह जरूर कहूँगी कि
औंधे मुँह गिरी
चिथड़ो में लिपटी
असहाय, मजबूर
नारी को
आहार मत बनाओ

पुरुष -२

पुरुष
तुम मनुष्य
क्यों नहीं बन जाते?
कभी पिता
कभी पति
तो कभी पुत्र बनकर
हम पर
शासन चलाते जाते हो!

पुरुष -३

पुरुष
तुम सामर्थ्यवान हो
शक्तिवान हो
बलवान हो
पर इसका सदुपयोग
औरत पर ही
क्यों कर जाते हो?

आस्था

मेरे फलदार घने पेड़ों की छाया
मुझे मिली नहीं
मेरा शरीर
जेठ की कड़ी दोपहरी में
झुलसा नहीं
शोक में नीला पड़ गया
जिसका होना
मेरी अमानत थी
मेरा सम्बल था
मेरी ताकत थी

जिन्दगी की
पछाड़ खाती लहरों पर
बर्फ की कड़ी चट्टानों में
थम-सा गया
मेरा वजूद
जिसके भरोसे थामी थी कभी
जिन्दगी की पतवार
वह हृदय ही
सावन की कड़कती फुहारों से
चटक-चटक कर
बह गया

जिन्दगी–१

जिन्दगी एक साज है, संगीत है
जिन्दगी एक राग है, एक गीत है
जिन्दगी एक बाग है और सहर है
जिन्दगी प्यार है पर जहर है

जिन्दगी एक ख्वाब है, एक हकीकत है
जिन्दगी संघर्ष है पर उत्कर्ष है
जिन्दगी एक फूल है, इबादत है
जिन्दगी मंदिर है, गुरुद्वारा है
जिन्दगी विरान है पर बहार है
जिन्दगी भाईचारे का ख्वाबगाह है
जिन्दगी अभिशाप है, वरदान है
जिन्दगी अल्ला है, भगवान है

जिन्दगी के दोस्तों इससे न खेल कर
जिन्दगी के दोस्तों इससे तू मेल कर
तुम्हारी जिन्दगी उन शहीदों की अमानत है
जो कुरबान हुए तुम्हारे खातिर
इस जिन्दगी को सम्भालो अब तुम
हसीन होगी दुनिया तुम्हारे खातिर

डॉ. मधुबाला सिन्हा

जिन्दगी-२

जिन्दगी एक हास है
जिन्दगी परिहास है
वक्त की बिसात पर
बिछा हुआ ख्वाब है

कभी खुशी, कभी गम
कभी मिलन, जुदाई
नर्म हुई आँच पर
पिघली हुई जार है

चाहत वफा की
वादा इकरार का
इन्द्रधनुषी रंगों का
झूठा इसरार है

फाग के रंगों की
बिखरी नर्म लालियाँ
मजहबी फिजाओं का
रंग दागदार है

जिन्दगी एक हास है
जिन्दगी परिहास है

हम

हम अकेले होते हैं जब
अनचाही सोचों के बीच
आ खड़ा होता है
प्यारा-सा कोई अपना
हमारी इच्छाओं के बीच
धुँधला-सा लेकिन
प्यारा-सा सपना

थरथराते होठों के बीच
तैरता-घुटता
अदृश्य-सा साया
सहमी, सिकुड़ी, स्तब्धता के साथ
सहमा कोई आया

पथराती है नजर
जमती है देह
हवा में उठे हाथ
रुकते हैं संदेह

डॉ. मधुबाला सिन्हा

भेदभाव

जनम दिया दोनों को माँ ने
फिर ये बेटा-बेटी क्यों
एक के लिए माँ का आँचल
दूजे के लिए सोटी क्यों?
रक्त पिलाकर पाला माँ ने
फिर यह भेदभाव है क्यों
बेटा है जीवन की पूंजी
बेटी फिर सर्वनाशी क्यों?
बेटा तो खाए पुए-पकवान
बेटी को सूखी रोटी क्यों?
बेटा तो पढ़ने जाए मगर
बेटी अनपढ़-गंवार रहे क्यों?

ना समझो बेटी को अबला
वह भी सक्षम हो सकती है
बेटा ही नहीं, बेटी भी
बगिया रौशन कर सकती है
बेटा गर कुल का दीपक है
तो बेटी है घर की रोशनी
अगर मिले इसे सम्मान
तभी चमकेगी यह रोशनी
माँ का मन है निर्मल पावन
तो फिर होता क्यों अन्याय?
खत्म करो इस भेदभाव को
तभी मिटेगा यह अन्याय

पिता

पिता बच्चे का मान
जीवन का भान है
माँ का सिन्दूर
दहकता शान है

पिता घर की दहलीज है
आँगन का चबूतरा है
दादाजी की बैठक का
सारा दारोमदार है।

पिता भइया के सर का ताज
दीदी के लाज का आँचल है
दादी का गुड़गुड़ाता हुक्का
साया मेरा छतदार है

पिता कभी ऊंगली थामें मेरा
आज थामूँगी मैं तेरा
क्योंकि हिम्मत और बल
उसी से मेरा नाज है

पिता मेरा शरमाया है
मेरा हमसाया है
अपने मजबूत कंधो पर
सारा गम उठाया है

डॉ. मधुबाला सिन्हा

मन

कलम उठाती हूँ पर
हाथ रुक जाते हैं
स्याही भरती हूँ पर
भाव सूख जाते हैं
कागज ले बैठती हूँ
आँखें भर जाती हैं
भावों को सहेजती हूँ
आवाज थर्रा जाती है
तुम सामने आते हो
होंठ सिल जाते हैं
तुम चले जाते हो
दम निकलने लगता है

स्वप्न

उसने मुझे भगवान के
बाद माना है
मैंने उसे खुदा के
साथ जाना है

उसने अपनी
जिन्दगी जी
मैंने उसी की
वन्दगी की

वह अपनी सांसें
जीता रहा
मैंने उसके लिए
विषपान किया

हर शय में उसकी
काया तलाश की
उसकी तो परछाई भी
हरजाई निकली

आसमां के तारे
मुट्ठी में लिया है
लेकिन तेरे अक्स की
रुसवाई मिली है

आखिर प्यार में
किसको मिला क्या?
दिल की आवाज आई
प्यार, सिला के वास्ते
नहीं करते

बंद आँखों को
ख्वाब रास नहीं आयी
आँखें खुली तो
सामने आईना था

इंतजार-१

बंद कमरे के अन्दर
बेचैन कदम चहलमदमी करते रहे
उदास आँखें
दरवाजे के नीचे पटल पर
अटकी रहीं
छलावा दिल छुपी आवाजों में
किसी का इंतजार करती रही
किसी दस्तक से
खोल देने को आतुर
अँगुलियाँ
दरवाजे पर टिकी रहीं
अनेक शिकवे
जुबान का टाँका टूटने का-
इंतजार करते रहे।
लेकिन
न उसे आना था
और न ही वह आया
बंद कमरे में ऐसा लगा
मानो
किसी ने जख्म का गहरा
निशान दे दिया हो

डॉ. मधुबाला सिन्हा

इंतजार-२

भीड़-भीड़ का सैलाब !
तीखे व्यंग्य वाणों से
अकेली मैं
लहुलुहान
छटपटाऊँगी
चिल्लाऊँगी
सर पटक-पटक
धीरे-धीरे दम तोड़ जाऊँगी

खिलखिलाएँगे
मुस्कुराएँगे
औरतों और मर्दों की भीड़
उत्सुकता भरी नजरों से
देखेंगें कोमल बच्चे
तब तक मैं
जहाँ छोड़ जाऊँगी

टँगी रहेगी
खौफ भरी आँखें
किसी के इंतजार में

अपने को बचाने का
जालिमों से छुड़ाने का
इंतजार
इंतजार ही रह जाएगा
न वह आया था
न वह आएगा
घर की मुंडेर पर
टंगी रहेगी-
खुली, बेजान आँखें
घरों में होगी
शांति की सांस
ढोलक की थाप
पाँवों की छाप
फिजाओं में होगी
गंध-सुगंध
चिरपरिचित सांसों की
और तुम्हारी
प्रतीक्षा में रत
कोमल भावनाओं की

डॉ. मधुबाला सिन्हा

प्रेमगीत

पीली सरसों
पीले फूल
मुझको गए तुम
कैसे भूल?

खेतों की पगडण्डी
या पीपल की छाँव
नहीं भूलती मिलना तुमसे
पनघट हो या गाँव?

प्रेम की रीत
भुला बैठे तुम
सूख गए हैं
मेरे गीत।
दो मुरली के
होठों पर चुम्बन
फूट पड़ेंगे
प्रेम-संगीत

www.ingramcontent.com/pod-product-compliance
Ingram Content Group UK Ltd.
Pitfield, Milton Keynes, MK11 3LW, UK
UKHW020634170826
14477UKWH00055B/366

9 788194 461043